ALFRED BERTEZÈNE

# WATERLOO

Sixième Mille

**PARIS**
ERNEST LEROUX, Éditeur
28, Rue Bonaparte, 28
**1892**

ALFRED BERTEZÈNE

# WATERLOO

  Nouvelle Édition

**PARIS**
ERNEST LEROUX, Éditeur
28, Rue Bonaparte, 28
**1892**

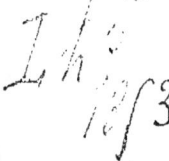

# WATERLOO

1. — Jadis le vainqueur égorgeait le vaincu et buvait dans son crâne fumant. Ce n'était pas très humain, mais la guerre n'est pas une pastorale. On était sûr que le vaincu ne reviendrait pas. Après la capitulation de Paris (31 Mars 1814), au lieu de faire saisir Bonaparte à Fontainebleau, et de verser l'Ale ou l'Hydromel dans son crâne, les alliés, plus civilisés, et par égard pour l'empereur d'Autriche dont il était le gendre, se contentèrent de le reléguer à l'Ile d'Elbe, dans un climat délicieux, aux portes de la France. Il s'en échappa (on devait s'y attendre), débarqua le 1er Mars 1815 au Golfe-Juan, prit la route de la montagne et fut acclamé, près de Grenoble, par le colonel La Bédoyère et son régiment.

Le maréchal Ney qui avait promis solennellement à Louis XVIII de lui ramener l'usurpateur *garrotté dans une cage de fer*, se jeta dans ses bras, à Auxerre.

Le Roi et la Cour se replièrent en toute hâte sur Lille. Le 20 Mars 1815, Napoléon triomphant rentrait aux Tuileries.

Il crut que l'Europe fermerait l'œil sur la violation du pacte de 1814, et qu'on lui laisserait faire enfin le *bonheur* des Français. On ne le lui permit pas. A peine le débarquement du Golfe-Juan était-il connu, le czar Alexandre mobilisa sa garde; l'Autriche, l'Angleterre, mirent leurs armées en route; quant à Blücher, il parlait de pendre haut et court l'aventurier s'il tombait entre ses mains. Le jour même de l'entrée de Napoléon à Paris, les ambassadeurs des puissances demandèrent leurs passeports. Il écrivit aux souverains, *ses chers frères*; on ne lui répondit pas. Bientôt le Congrès de Vienne le déclare hors la loi, lui et son armée, « véritable bande de brigands qu'il faut exterminer ». La Vendée s'insurge.

L'enthousiasme factice de la première heure est tombé. Les révolutionnaires, contre lesquels Bonaparte a de tout temps sévi, lui offrent généreusement leur concours. Il le repousse:

« Je ne veux pas, dit-il, être l'empereur *de la canaille.* » Il consentit cependant à appeler au ministère de l'intérieur le vaillant organisateur de la victoire en 1793, Carnot ; mais au préalable il le créa comte de Feuleins pour qu'il ne fît pas tache, et pût figurer dignement au milieu de sa Cour ; comme si cette *Cour* n'était formée que de représentants de la plus antique noblesse.

Dans ces conditions, soutenu seulement par ses prétoriens, Bonaparte est perdu. Lui-même a le pressentiment de sa chute : « J'avais, a-t-il dit, l'instinct d'une issue malheureuse. »

C'est à ce moment, et non après Waterloo, qu'il devait demander « à s'asseoir, comme Thémistocle, au foyer du peuple britannique. » On lui eût tenu compte de son effacement et pardonné son équipée.

Pourquoi a-t-il été quand même de l'avant, menant à la boucherie nos sublimes grenadiers, attirant sur la France de nouvelles et plus effroyables calamités ? Pourquoi ? Parce que cet homme était un égoïste sans scrupules, un froid ambitieux, et qu'il ne faut demander ni sentiments désintéressés, ni grandeur d'âme à ces sortes de personnages. Quand ils sont aux abois, comme le joueur effréné qui lance sur le tapis le dernier morceau de pain de ses enfants, ils n'hésitent pas à accumuler les désastres, et c'est une suprême jouissance pour eux de tout entraîner dans leur ruine.

II. — Donc, le 15 juin 1815, Napoléon, avec 124.000 hommes, passe la frontière de Belgique. Le général Pajol et le prince Jérôme, par une brillante attaque, enlèvent le pont de Charleroi. L'armée française avait à ce moment les prussiens de Blücher à droite ; les anglo-hollandais de Wellington à gauche. Le 16 juin, Napoléon attaque Blücher à Ligny, pendant que Ney se porte sur les Quatre-Bras. Les deux batailles furent indécises. Blücher fut refoulé, non annihilé. Wellington se replia sur la route de Bruxelles, toujours, ne l'oublions pas, en communication avec Blücher, et liant son sort au sien.

Le 17, Napoléon détache Grouchy pour observer et contenir les prussiens ; lui-même, avec Ney, se met à la poursuite des anglais. Ce jour-là, à deux heures de l'après-midi, un orage épouvantable éclata sur la Belgique, inondant les campagnes, effondrant les routes. Les troupes de toutes armes, au milieu de ce déluge qui transformait les champs en marécages, marchaient confondues dans un désordre inexprimable. Le tonnerre grondait encore, lorsque vers sept heures du soir, l'armée française arriva au pied du plateau de Mont-Saint-Jean, non loin du village de Waterloo. Une forte reconnaissance ayant été poussée sur l'ordre de l'Empereur, fut reçue par une bordée formidable de coups de canon. L'armée anglaise entière était là, se couvrant de tous ses feux. Napoléon éprouva une vive satisfaction de savoir que Wellington s'était résolu à l'attendre. Il comptait écraser ce premier ennemi et en finir ensuite avec les prussiens de Blücher.

Le coteau de Mont-Saint-Jean et la lisière de la forêt de Soignes s'illuminèrent bientôt de milliers de points brillants : l'armée anglaise établissait ses bivouacs ; les soldats avaient coupé du bois, et devant d'immenses brasiers séchaient leurs habits, préparaient leurs armes, au milieu d'abondantes distributions de vivres. Les nôtres, au contraire, campés dans les sillons, dans la boue, sans feu, attendaient vainement les fourgons de l'intendance. Depuis l'entrée en campagne ils ne vivaient que de maraude. Au matin, ils reçurent pour toute la journée une ration d'eau-de-vie.

L'Empereur passa une partie de la nuit à étudier le terrain; accompagné d'un jeune page, il explora les pentes de Mont-Saint-Jean, le ravin, un chemin creux venant d'Ohain. Il put se rendre compte combien était formidable la position de l'adversaire. Une ligne blanche précédant le jour apparaissait à l'horizon lointain, lorsque couvert de boue et harassé de fatigue il rentra à la ferme du Caillou où il dressa immédiatement son plan de bataille. Il se jeta ensuite sur un lit de camp, après avoir recommandé à son frère Jérôme de l'éveiller à six heures.

Vers le matin, la pluie cessa de tomber; fanfares et clairons retentissent de tous côtés; malgré le manque de vivres et l'intempérie du ciel, nos soldats vont prendre, pleins d'ardeur, les postes qui leur sont assignés.

Les forces en présence se balançaient : 72.000 français contre 75,000 anglais, belges et hanovriens. Les terres étant détrempées par la pluie, Drouot et les officiers d'artillerie furent d'avis d'attendre pour commencer l'attaque que le sol se fût un peu raffermi.

On s'observa donc en silence. A onze heures, l'impatience est générale. Les troupes demandent à marcher. Napoléon monte à cheval, et au milieu de cris frénétiques de «Vive l'Empereur!» au son des musiques militaires, les tambours battant aux champs, parcourt au galop le front de bandière. A ce moment, le soleil brilla à travers les nuages. Ce n'était pas le soleil d'Austerlitz.

Le bruit des acclamations et des fanfares de l'armée française arrive à lord Wellington adossé à un arbre en avant de la forêt. Une lunette à la main, il assiste à l'imposant spectacle de puissantes légions jurant de vaincre ou de mourir.

Le silence s'est fait, silence solennel qui plane toujours sur deux armées au moment de combattre. Napoléon a pris position à la ferme de la Belle-Alliance.

Ney, Soult, Jérôme, d'Erlon, Cambronne, Milhaud, Lobau, Drouot, Reille, Kellermann, sont là à cheval, attentifs aux gestes du Maître. Celui-ci, après avoir, du haut d'un observatoire élevé pendant la nuit, promené ses regards sur l'immense champ de bataille tout étincelant de baïonnettes, et s'être assuré que chacun est à son poste, fait un signe. Aussitôt les aides de camp partent au galop. Les maréchaux regagnent leur corps. Bientôt un frémissement général s'élève, car la fusillade crépite à l'extrême gauche de l'armée française. Jérôme et Kellermann font une vigoureuse démonstration du côté de Braine-l'Alleud, contre le château de Goumont occupé par les Hanovriens.

Cependant que l'Empereur, réunissant une puissante batterie de 78 pièces, canonne le plateau de Mont-Saint-Jean, et lance Ney

sur la Haye-Sainte, hameau au pied du coteau. Ce mouvement
réussit d'abord. La grosse artillerie du maréchal fait d'affreux
ravages dans les rangs anglais ; quelques soldats lâchent pied.
Ney veut profiter de la panique qu'il découvre sur certains
points de l'armée ennemie. Il enlève une partie de ses pièces
pour les porter sur les positions mêmes de l'adversaire. Celui-ci,
le feu cessant, raffermit ses lignes. Il y avait un ravin à traverser;
les lourdes pièces de la division Marcognet s'y engagent. Mais
la pente opposée est rapide; les roues enfoncent dans la boue
jusqu'aux essieux. Les artilleurs jurent, tonnent, fouettent les
chevaux ; les hommes poussent. On avance difficilement.

Des hauteurs du plateau, Wellington a vu notre embarras :
il appelle à lui deux escadrons de dragons, leur fait une large
distribution de *gin* et les lance à fond de train dans le vallon.
Ils coupent les traits, tuent les chevaux, sabrent les artilleurs.
Ils furent à leur tour chargés et sabrés jusqu'au dernier par les
cuirassiers de Milhaud. Notre grosse artillerie n'en était pas
moins hors de service.

Il allait être deux heures, quand du côté de la Chapelle-
Saint-Lambert, à l'horizon, une ombre noire appelle l'attention
de Napoléon et l'inquiète. Cette ombre se meut; elle s'avance !
Le maréchal Soult et les officiers de l'Etat-Major dirigent
leurs lunettes vers le point signalé par l'Empereur: l'ombre
est évidemment un corps d'armée en marche. Mais quelles
peuvent être ces troupes dont, à cause de l'éloignement, il est
impossible de distinguer l'uniforme ?...

Est-ce Grouchy se dirigeant vers l'Empereur ? Serait-ce
Blücher venant se joindre à Wellington ?

Le général Bernard se dirige de toute la vitesse de son cheval
vers Saint-Lambert. Arrivé à une certaine distance du corps
suspect, il met pied à terre et reconnaît l'infanterie de Bulow.
Il revient en toute hâte annoncer cette grave nouvelle à l'Empereur. L'intervention imminente des forces prussiennes constitue
un danger des plus redoutables. Ce danger grandit encore des
rapports successifs qui arrivent: les patrouilles du général
Domon sont revenues sans avoir aperçu Grouchy. Bientôt on
reçoit une dépêche du maréchal lui-même : au lieu de quitter
Gembloux au point du jour, il n'en est parti, retardé lui aussi
par la pluie, qu'à neuf heures et demie du matin. Il l'avertit que
Blücher est à Wavres, en communication avec Wellington.

Napoléon envisage toute l'étendue du péril. Un désastre
s'annonce, il n'en peut douter. Alors, au lieu d'organiser la
retraite et de sauver (il en était temps encore), la majeure partie
de ses soldats, cet insensé lance ses dernières réserves sur le
plateau de Mont-Saint-Jean. Elles tourbillonnent sur elles-mê-
mes, criblées de mitraille, sans pouvoir entamer les carrés
anglais, lesquels, apercevant le renfort promis, opposent une
plus opiniâtre résistance. Wellington encourage ses troupes :
« Tenons ferme, mes enfants. Si nous abandonnons le champ
de bataille, que dira-t-on de nous dans la Grande-Bretagne ? »

Lobau, Subervie, Domon et les bataillons de la jeune garde
envoyés pour contenir le corps prussien qui débouche mainte-

nant des bois, plient sous le nombre et vont être débordés par l'infanterie de Bulow à laquelle sont venus s'adjoindre quinze mille hommes de Pirch et la cavalerie du prince d'Orange.

Au sommet de l'angle de notre ligne de bataille, le général Durutte, non soutenu, abandonne en désordre la ferme de Papelotte. Le désespoir envahit l'âme de l'Empereur : il se précipite au galop de son cheval au-devant des fuyards, les adjurant de reprendre leur poste : « Grouchy est signalé, leur dit-il, Grouchy arrive ! Tenez encore quelques moments ! » Vive l'Empereur ! répondent les soldats ; et ils reformaient leurs rangs, quand un sinistre ébranlement se produit dans la cavalerie de la garde et parmi les cuirassiers de Milhaud. Eux aussi reculent !

« Envoyez-moi de l'infanterie pour enfoncer les derniers carrés anglais ! » fait dire le maréchal Ney à l'Empereur.

« Envoyez-nous de l'infanterie, ou nous sommes écrasés ! » mandent Lobau, Durutte et d'Erlon.

« De l'infanterie ? s'écrie Napoléon, la rage au cœur ! Et où veulent-ils que j'en prenne ? Veulent-ils que j'en fasse ? »

Il est huit heures, une nouvelle canonnade se fait entendre à notre droite : C'est Grouchy ! » crient nos soldats. « Voilà Blücher ! » disent les Anglais. C'était Blücher.

Wellington a quitté son arbre. La figure rayonnante, l'œil en feu, au milieu de hourrahs enthousiastes, il parcourt les rangs anglais, jetant chez les siens l'ardeur dont il est animé : « En avant, *my boys !* La victoire est à nous ! » Et faisant avancer son extrème droite, il la lance comme un torrent des hauteurs du plateau. Blücher, arrivé au hameau de la Haye-Sainte, en débusque les deux régiments qui le défendent et fait une trouée horrible au centre de nos troupes. Au même instant, la fusillade et le canon éclatent à moins de six cents mètres sur les derrières de l'armée française... « Sauve qui peut ! Nous sommes trahis ! » crient nos soldats. La déroute commence ; la débandade est affreuse. A neuf heures du soir, alors que les ombres de la nuit commençaient à s'étendre sur le lugubre champ de bataille, un homme s'approcha de l'Empereur : « Frère, lui dit-il, l'air sombre, c'est ici que doit tomber tout ce qui porte le nom de Bonaparte... En avant ! »

Et tirant son épée, le roi Jérôme montra les bataillons anglais... Napoléon tourna bride, et poussant son cheval sur les corps des mourants et des morts disparut comme un fantôme dans les ténèbres.

La cavalerie prussienne arrivait par files profondes, sabre en l'air, en criant : hourrah !

La Vieille Garde, pour protéger la retraite de cet Empereur auquel elle croit encore, se forme alors en carré. Cambronne et Michel au centre, à la hauteur de la maison d'Ecosse. Les boulets ennemis enlèvent des files entières de ces braves. Les rangs se reforment. Les redoutables bonnets à poil, calmes comme à la parade, barrent le passage. « Rendez-vous ! » criaient les Anglais. Alors, du milieu de l'héroïque Carré une voix s'élève, dominant le tumulte : « La Garde meurt et ne se rend pas! » Une dernière et plus effroyable canonnade est dirigée contre les quatre angles de cette citadelle vivante, qui vomit du feu et de la mitraille. Cette fois, les rangs s'écroulent de tous côtés... La Vieille Garde était anéantie.

## II

III. — La Révolution avait terminé son premier cycle. L'aurore à la fois sanglante et majestueuse qui ouvre le dix-neuvième siècle, n'avait guère éclairé que le carnage épouvantable des multitudes.

O sublimes volontaires de l'an I, sortis des sections parisiennes! Héros de Valmy, de Jemmapes et de Fleurus!... Peu d'entre vous ont pu arriver jusqu'au vallon de Ligny et au ravin de Mont-Saint-Jean! Tombés sur les coteaux de Sambre-et-Meuse, ou, comme Marceau, dans les défilés de la Forêt-Noire, vous avez été dévorés par les batailles avant d'avoir vu votre œuvre détournée par un despote. Sans Rousseau, Voltaire et les Encyclopédistes qui dominent le dix-huitième siècle et dont l'œuvre brille, indestructible, dans le ciel social, il ne resterait peut-être plus rien de la Révolution.

IV. — Analysons maintenant le dernier acte de la sinistre épopée impériale. Napoléon, en transportant tout d'abord les hostilités en Belgique, avait cru faire un coup de maître: « Wellington et Blücher, disait-il, peuvent être battus, dispersés, anéantis, avant que le reste des troupes alliées ait eu le temps de les rejoindre. Alors, Bruxelles se déclarera, les bords du Rhin reprendront les armes; l'Italie, la Pologne et la Saxe se soulèveront; et ainsi, dès le commencement de la campagne, le premier coup, s'il est bien frappé, peut dissoudre la coalition. »

Je ne vois pas ce qui autorisait Napoléon à compter sur la Belgique et la Saxe. Avait-il oublié la défection des Saxons à Leipsick? Oui, les nationalités se réveillaient; mais ce réveil se faisait contre nous.

V. — « S'il n'avait pas plu, dit Napoléon, Wellington aurai été écrasé avant l'arrivée de Blücher. »

La chose n'est pas certaine. En outre, cette pluie qui retarda l'attaque des français retarda aussi l'arrivée des prussiens. S'il avait fait beau, certes Napoléon eût pu mettre son armée en mouvement dès cinq heures du matin; mais alors, et par la même raison, Blücher aurait pu quitter Wavres plus tôt et apparaitre avec ses colonnes.

Cette arrivée de Blücher, que l'Empereur et, à sa suite, les Thiers, les Hugo, les Vaulabelle, nous ont présentée comme tout à fait imprévue, était au contraire escomptée par l'ennemi; elle entrait dans les calculs de Wellington, lorsqu'il s'adossa à la forêt de Soignes : « Que faire? lui demandait-on, sous son arbre, au milieu d'une pluie de fer. — Attendre! Attendre

encore ! répondait-il. Je n'ai pas d'autres ordres à donner...
Blücher ou la nuit. »

Cette arrivée aurait dû entrer dans les calculs de Napoléon.
Il n'était pas sans avoir conscience que l'armée prussienne
n'avait éprouvé qu'un simple échec, l'avant-veille, à Ligny ;
qu'elle restait entière avec ses 90.000 hommes, commandés par
un intrépide vieillard : que Grouchy avec trente-cinq mille
soldats n'était même pas en position d'en surveiller les mouve-
ments, bien loin de pouvoir la contenir. Supposer qu'après
Ligny Blücher avait fui du côté de Liège et de Cologne, était
une supposition gratuite et que rien n'autorisait. Quand vers
trois heures de l'après-midi, au fort de la mêlée, nos braves
grenadiers, apercevant du côté de Planchenoit des colonnes
en mouvement, s'écrièrent : « Voilà Grouchy ! » Napoléon, j'en
ai la conviction, savait fort bien que ce ne pouvait être Grouchy.

Il n'aurait pas dû livrer bataille à Wellington sans savoir au
préalable, de façon absolue, ce qu'était devenu Blücher. Or *il
ne le savait pas*. Il s'étourdit lui-même sur les probabilités de
succès de la journée qui s'ouvrait. Il alla quand même de
l'avant. Que faire, d'ailleurs ? Impossible de reculer.

Si Napoléon n'avait pas été vaincu à Waterloo, il l'eût été
ailleurs. Comment, avec une poignée de soldats, eût-il pu tenir
tête à 600.000 ennemis ? L'année précédente, pendant la campagne de France, que de victoires n'avait-il pas remportées ?
Victoires à Champaubert, Montmirail, Montereau, Craonne,
Arcis-sur-Aube ! Il n'en avait pas moins succombé. Supposons
Wellington mis en déroute le 18 juin, à Waterloo. Le lendemain, Blücher, survenant avec ses 90.000 hommes, était assez
fort à lui seul pour culbuter l'armée française épuisée par la
lutte terrible de la veille.

VI.— Que de fois n'a-t-on pas dit, en levant les bras au ciel :
« Ah ! si le corps d'armée du comte d'Erlon avait pu prendre
part à la bataille de Ligny, au lieu de s'user en marches et en
contre-marches ! Ce n'était plus une simple défaite qu'éprouvait
Blücher, c'était un désastre épouvantable. Il lui était impossible
d'arriver à Waterloo.»

Soit, acceptons l'hypothèse : le 16 juin, à Ligny, le comte
d'Erlon survient sur les derrières de l'armée prussienne,
laquelle est exterminée. Qu'arrive-t-il alors? C'est facile à devi-
ner : il arrive que Wellington, apprenant la déroute de Blücher,
se garde de s'arrêter sur le plateau de Mont-Saint-Jean et d'y
attendre l'armée française victorieuse. Il s'enfonce dans la forêt
de Soignes et se replie au-delà de Bruxelles, où Napoléon ne
peut le suivre.

Et pourquoi Napoléon ne peut-il l'y suivre ? Parce que la
Champagne est menacée, et que ce serait folie à l'Empereur de
s'enfoncer dans le Nord de la Belgique quand les armées alliées
ne sont qu'à quelques journées de marche de Paris. Au contraire,
Napoléon, après sa victoire sur Blücher, abandonne-t-il Wellington ? Alors rien n'est fait, son plan de campagne avorte. Il
n'a pas détruit ses deux adversaires, comme il se le proposait.

il n'en a détruit qu'un. Wellington, non inquiété, ne tarde pas à reparaître sur la frontière.

Remarquons que Napoléon ne pouvait avoir de rencontre avec Wellington *qu'autant qu'il le voudrait bien !* Si le général anglais attendit son adversaire, le 18 juin, c'est d'abord qu'il avait étudié et choisi son terrain ; ensuite qu'il était assuré du concours de Blücher. Dès lors, disposant de deux armées contre une seule, il était bien difficile que Wellington fût battu. Je trouve même que Blücher et Wellington y ont mis de la bonne volonté ! Où était la nécessité de se mesurer avec leur redoutable adversaire ? Ils n'avaient qu'à lui céder le terrain à mesure qu'il avançait, à battre en retraite devant lui, pour l'user et le perdre. Mais ayant deux cent vingt mille hommes contre cent vingt mille, ils ont cru, — et l'évènement leur a donné raison, — pouvoir essayer d'une lutte. Que risquaient-ils ? Une bataille perdue par eux n'avait pas grande signification pour leur adversaire ; une bataille gagnée, cet adversaire était perdu.

VII. — « Il aurait fui, s'il l'avait pu ! » a dit Napoléon, en parlant de Wellington. C'est là une insulte imméritée à un adversaire courageux et tenace. Eh ! *grand* Empereur, on peut toujours fuir. Vous en avez donné vous-même la preuve à Waterloo. Je sais bien que vous avez essayé de couvrir votre honte en alléguant que « *vous aviez suivi le torrent.* » Mais tout individu qui fuit, *suit* le torrent. Les véritables braves se font tuer en essayant de lui barrer le passage. En tout cas, lorsque la mort ne veut pas de vous, il est toujours possible d'en finir avec une épée ou un pistolet. Et après avoir occupé le premier trône du monde, on ne s'expose pas à se faire mettre de nouveau la main au collet, comme un repris de justice en rupture de ban.

Le prince Jérôme, le héros qui, au pont de Charleroi, trois jours auparavant avec Pajol et Rogniat, avait tenu tête au milieu des balles à toute une armée, avait le sentiment et du devoir et de l'honneur, lorsque à neuf heures du soir, à Waterloo, il proposa à son frère de mourir tous deux en chargeant, l'épée en main, les carrés ennemis.

Oui, — et je défie qu'on réfute la conclusion de cette impartiale analyse, — si Napoléon avait été un homme de cœur, il n'aurait pas quitté vivant le champ de bataille de Waterloo. Qu'avait-il à faire en France, que pouvait-il espérer, après un désastre pareil ? On ne le voit pas. Quand on a débarqué au Golfe Juan, quand on a joué une partie suprême et qu'on l'a perdue, il faut payer. Bonaparte fit banqueroute à l'honneur.

On sait que les derniers mots prononcés par lui à son lit de mort furent : « TÊTE... ARMÉE. » On s'est souvent demandé à quelle pensée ils se rapportaient. Je crois l'avoir devinée, cette pensée. La voici :

« J'aurais dû tomber à la TÊTE DE L'ARMÉE ! »

III.

VIII. — Le 21 juin 1815, Bonaparte, fuyant devant Blücher et Wellington, est de retour à l'Élysée. Le 22, la Chambre des pairs et la Chambre des députés, menacées d'un nouveau Dix-huit Brumaire, se déclarent en permanence, et proclament traître à la patrie quiconque voudra les suspendre ou les dissoudre. Bonaparte abdique et se retire à la Malmaison. Les alliés exaspérés sont en vue de Paris. Croit-on que Blücher étant déjà à Saint-Denis, l'homme de Waterloo eut l'audace de se mettre encore en avant et de demander au gouvernement provisoire de lui confier le commandement des troupes « certain, disait-il, d'exterminer l'ennemi. » Il se démettrait aussitôt la France sauvée.

Le maréchal-ministre de la guerre, Davout, et les membres du cabinet, à l'ouïe de cette proposition insensée, ne purent contenir leur indignation : « Est-ce qu'il se moque de nous ? » dit le ministre de la police, Fouché. Et comprenant combien un pareil homme pouvait être dangereux en de tels moments, le gouvernement dépêcha en toute hâte le général Becker à la Malmaison avec ordre d'en faire partir sur l'heure l'ex-empereur : « Dites-lui bien, Becker, s'écria Davout hors de lui, dites-lui que s'il ne s'éloigne pas immédiatement, je vais l'arrêter moi-même ! »

Louis XVIII approche. Il faut vider la place. Où peut aller le vaincu de Waterloo ? Vers le Nord ? C'est s'exposer à tomber entre les mains de Blücher qui le fusillerait sans merci. Vers l'Est ? Six cent mille russes et autrichiens passent le Rhin. Dans le Midi ? Il serait écharpé avant d'arriver à Marseille. À la fin d'avril 1814, traversant en prisonnier la France pour se rendre à l'île d'Elbe, n'avait-il pas failli être jeté dans le Rhône, à Avignon ? Ne sait-on pas (ô honte !) qu'à Orgon, pour ne pas être reconnu et mis en pièces par les paysans furieux, lui, le vainqueur d'Iéna, osa endosser un uniforme prussien ! La foule l'acclama ! « Vivent les alliés ! Vive Blücher ! » cria-t-on. Le comte Schouvaloff, qui se trouvait à côté de lui dans la voiture, le poussa du coude : « Saluez donc ! » Bonaparte salua.

IX. — Il ne reste au *mangeur d'hommes*, traqué comme une bête fauve, que la route de l'Ouest. De Rochefort, il comptait pouvoir s'embarquer pour l'Amérique. Mais une croisière anglaise barre le passage. Tout navire sortant du port est arrêté et visité.

Bonaparte voyant toute évasion impossible, d'ailleurs pressé par le gouvernement de quitter le territoire français s'il ne veut tomber entre les mains de Louis XVIII, paie d'audace : il se présente à bord du croiseur anglais le *Bellérophon* et adresse la lettre suivante au prince régent d'Angleterre :

« Altesse royale, en butte aux factions qui divisent mon

pays et à l'inimitié des plus grandes puissances de l'Europe, j'ai consommé ma carrière politique. Je viens comme Thémistocle m'asseoir au foyer du peuple britannique. Je me mets sous la protection de ses lois, que je réclame de Votre Altesse royale, comme celle du plus puissant, du plus constant et du plus généreux de mes ennemis. »

Je ne vois pas ce qui pouvait autoriser Bonaparte, déporté une première fois, à compter sur la générosité de l'Angleterre. Je ne me le figure guère se promenant dans la Cité, ou flânant sur les quais de la Tamise, et saluant amicalement au passage le duc de Wellington. Il était déjà revenu de l'Ile d'Elbe. A la première complication politique à Paris, mon Corse aurait quitté furtivement Londres et se serait jeté sur les côtes de Normandie, pour faire, cette fois, le *bonheur* des Français...

Non ; pris ainsi *flagrante bello*, Bonaparte devait s'attendre aux dernières mesures de rigueur. Et en effet, on répliqua à l'évadé de Porto-Ferrajo en l'expédiant au fond de l'Atlantique, à Sainte-Hélène, sous bonne garde cette fois. L'ex-potentat trouva le procédé peu de son goût. Il protesta, comme on se l'imagine. Il soutint qu'il était venu *librement* à bord du *Bellérophon*. » Il en appela à l'Histoire.

L'Histoire a des protestations plus intéressantes à recueillir que celles d'un aventurier déconfit.

Le 26 juillet, Bonaparte arrivait en rade de Plymouth. Il fut transféré aussitôt du *Bellérophon* sur le *Northumberland*. Au moment de passer d'un vaisseau à l'autre, l'amiral Keith, lui adressa ces paroles : « Général, j'ai une douloureuse mission à remplir ; l'Angleterre m'ordonne de vous demander votre épée. »

« A ces mots, dit M. Thiers, dans son *Histoire de l'Empire*, Napoléon répondit par un regard qui indiquait à quelles extrémités il faudrait descendre pour le désarmer. Lord Keith n'insista pas, et Napoléon conserva sa glorieuse épée. »

M. Thiers nous la baille belle ! Il a donc oublié, bien que lui-même ait relaté le fait, que l'année précédente, près d'Arles, à Orgon, le même Bonaparte, pour donner le change à une population furieuse, n'avait pas hésité à endosser l'uniforme prussien ? Que devint ce jour-là cette fierté que M. Thiers a l'air d'admirer aujourd'hui ? Que faisait de sa dignité l'ex-empereur ? Ne devait-il pas se faire sauter la cervelle plutôt que de descendre à tant d'ignominie ? Lequel est le plus dégradant de rendre son épée à un loyal officier, ou de s'affubler, pour prolonger une misérable vie, de la casaque d'un ennemi ?

Un étalage de dignité était facile à bord du *Northumberland* : l'homme savait fort bien qu'il ne risquait pas grand' chose avec lord Keith. Il aurait été de meilleure composition et se serait vivement exécuté s'il avait eu devant lui quelques Verdets ou des royalistes des environs d'Orgon.

X. — Le 8 août 1815, le *Northumberland* mettait à la voile pour Sainte-Hélène. A la hauteur du cap de la Hogue, Bonaparte, sombre, se tenait debout, immobile sur le pont du navire, cherchant à apercevoir dans le lointain, pour la dernière

— 13 —

fois, quelque chose de la patrie perdue. La brume qui s'étendait sur l'Océan s'étant dissipée tout à coup, les côtes de la Normandie apparurent, avec leurs hautes falaises taillées à pic et leurs vertes collines enveloppées de soleil : « Adieu! France, terre des braves! s'écria le proscrit en proie à une profonde émotion. Quelques traîtres de moins et tu serais encore la grande nation, la maîtresse du monde! »

Des traîtres! Le seul traître, le premier ennemi de Bonaparte, ce fut l'Empereur Napoléon. Vit-on en effet fidélité plus touchante que celle de son armée? Jamais soldats français ne se sont montrés plus héroïques. Respectant en ce despote leur général, ils sont morts pour lui à Waterloo, alors que lui-même n'a pas su mourir avec eux.

IV.

XI. — Napoléon I<sup>er</sup>, même à l'apogée de sa gloire, n'avait jamais été bien solide. Malgré son Concordat, sa noblesse et sa Légion d'honneur, il était isolé entre les deux grands courants qui entraînaient l'Europe. Il n'était ni avec le peuple, ni avec l'aristocratie. Mallet, à lui seul, faillit briser ce colosse.

Ce général avait été emprisonné pour ses opinions républicaines. Il voulut profiter de l'éloignement de Napoléon, occupé en Russie, pour le renverser. Le 24 octobre 1812, au matin, il s'échappa de sa prison. Il entraîna à sa suite quelques soldats en leur annonçant la mort de l'Empereur. Il s'était déjà emparé du Trésor public, de l'Hôtel de Ville, et avait même fait prisonniers le ministre Savary et le préfet de police Pasquier, lorsqu'il fut arrêté, par surprise, à l'état-major de la place. Traduit immédiatement devant un conseil de guerre, il fut condamné à mort et exécuté cinq jours après. Le président du tribunal lui ayant demandé s'il avait des complices: « Oui lui répondit-il, l'Europe et vous même, si j'avais réussi. » Napoléon fut effrayé de cet audacieux coup de main qui montrait que l'édifice de l'Empire reposait sur lui seul. « Un homme est-il donc tout ici, s'écria-t-il ; les institutions, les serments, rien ? »

XII. — Un régime de fer pesait sur le pays : « Les générations de la France, dit M. de Chateaubriand (*Mémoires d'Outre-Tombe*) étaient mises en coupe réglée ; le réformé, le remplacé, étaient repris; tel fils d'un pauvre artisan, racheté trois fois au prix de la petite fortune du père, était obligé de marcher. Des colonnes mobiles parcouraient les provinces comme un pays ennemi, pour enlever au peuple ses derniers enfants. »

La presse était muette, comme la tribune. L'imposture et le silence étaient les deux grands moyens employés pour tenir la France dans l'erreur. Vos enfants meurent sur le champ de bataille... On ne fait pas assez de cas de vous pour vous dire ce qu'ils sont devenus. On vous tait les évènements les plus importants. Les ennemis sont à Meaux : vous ne l'apprenez que par la fuite des gens de la campagne. On vous enveloppe de ténèbres : on se joue de vos inquiétudes. Vous voulez élever la voix ? Un espion vous dénonce, un gendarme vous arrête, une commission militaire vous juge, un peloton vous exécute.

Les mauvais jours arrivent. La capitulation de Baylen porte le premier coup au colosse aux pieds d'argile. L'incendie de Moscou donne le signal du réveil des nationalités. Les Russes font le vide autour de la Grande-Armée. Napoléon, étonné qu'il fasse froid en plein hiver, dans les steppes hyperboréens, abandonne son armée au milieu des neiges et regagne en toute hâte les tièdes salons des Tuileries : « Il fait meilleur ici que sur les bords de la Bérésina ! » disait-il en se frottant les mains devant un feu flambant. Pas un mot de regret, pas une parole d'attendrissement pour les grenadiers qui tombaient là-bas, par milliers, du froid et de la faim.

Les courtisans disaient : « Ce qu'il y a d'heureux dans cette « retraite, c'est que l'Empereur n'a jamais manqué de rien ; il « a toujours été bien nourri, bien enveloppé dans une bonne « voiture. La santé de sa Majesté n'a jamais été meilleure. »

De retour à Paris, au milieu de sa cour, insouciant des désastres accumulés par son ambition, toujours triomphant et glorieux, paré d'un riche manteau semé d'abeilles d'or, la tête couverte du chapeau à la Henri IV, il s'étalait brillant sur un trône, répétant les attitudes royales qu'on lui avait enseignées !

XIII. — Et malgré les impôts écrasants, malgré les désastres, les campagnes vénéraient quand même l'autocrate. Bonaparte, devenu Napoléon, bénéficiait de toute la haine amassée contre l'ancien régime. Les agents de la dictature avaient accrédité dans les moindres hameaux l'idée que toutes ces guerres étaient pour défendre les bienfaits de Quatre-vingt-neuf, menacés par les privilégiés évincés. Les républicains regardaient Bonaparte comme leur ouvrage et le continuateur de la Révolution. Avec la plus grande naïveté, ils s'imaginaient combattre pour la France, quand ils ne combattaient plus que pour un despote. Devenus prétoriens, ils se croyaient encore des hommes libres.

L'Europe libérale et les Penseurs n'étaient pas dupes de cette illusion des Ney, des Soult, des Kellermann et autres jacobins à la Fouché, domestiqués par Bonaparte. Le mépris du droit des gens et du droit des peuples était flagrant. Les nations étrangères, qui, aux grands jours de Jemmapes et de Fleurus, avaient acclamé nos armées libératrices, se voyant maintenant foulées aux pieds par un autocrate de hasard, se ruèrent sur leurs armes pour l'indépendance. La chute de Bonaparte devint fatale à courte échéance. Il était isolé... Sans racines dans un pays auquel il avait pris son or et son sang il ne représentait plus que lui-même.

Il tomba en 1814. Il fut définitivement vaincu le 18 juin 1815, à Waterloo. S'il ne l'eût été là, je le répète, il l'aurait été ailleurs. Vingt victoires ne signifient rien, quand une seule défaite va vous perdre. Supposez Blücher arrivant trop tard au secours de Wellington : celui-ci était écrasé, et Napoléon une fois de plus victorieux. La défaite finale et fatale n'était que reculée ; elle aurait eu un autre nom, voilà tout.

XIV. — Ce qui a causé la défaite de Napoléon à Waterloo, ce ne fut pas la ténacité de Wellington, ce fut le manque de troupes. Au moment décisif, nous avons vu l'Empereur répondant à Ney qui lui faisait demander de l'infanterie : « De l'infanterie ? Et où veut-il que j'en prenne ? »

C'est le manque de troupes qui causa l'inaction de Grouchy et son impuissance devant les cent mille prussiens de Blücher et de Zieten ; c'est le manque de troupes qui avait rendu incomplète notre victoire du 16 juin ; c'est le manque de troupes qui fit que dans l'affaire de Ligny et des Quatre-Bras, d'Erlon, usant sa journée en marches et en contre-marches, se promena entre deux canonnades, sur un rayon de trois lieues, sans aucune utilité pour Ney et Napoléon. Et ce manque de troupes était fatal. En admettant même que la France déjà épuisée eût pu fournir en 1815 des contingents suffisants, l'empereur n'aurait pas eu le temps matériel de les lever et de les armer. Le territoire eût été envahi auparavant par vingt côtés à la fois. C'est ce que voulut éviter Napoléon en prenant l'offensive. Seulement il n'écarta un péril que pour tomber dans un autre. Comme en mécanique, ce qu'il gagna en rapidité, il le perdit en force.

Les quarante mille hommes qui lui firent défaut à Waterloo étaient à Nîmes, à Marseille et à Toulouse pour contenir les royalistes : ils étaient en Vendée occupés à les combattre ; et cette Vendée faisait partie de la situation exceptionnelle où il se trouvait. M. Thiers convient lui-même, (Waterloo, t. IV p. 579) « que c'était une extrême témérité de se battre avec 120,000 hommes contre 220 mille, formés en partie des premiers soldats de l'Europe, commandés par des généraux exaspérés, résolus à vaincre ou à mourir. »

Mis hors la loi, assailli par l'Europe entière, soutenu seulement par une poignée de prétoriens, le problème abordé par Napoléon étant insoluble ne pouvait être résolu.

Il a accusé l'hiver en 1812, la pluie en 1815. En le suivant, on compterait jusqu'à *douze fatalités*. La Fortune, quelque capricieuse qu'on la suppose, ne l'est jamais à ce point. Quand les désastres se répètent, c'est qu'il y a chez les ordonnateurs un vice caché. Il faut les rapporter à une situation politique inextricable, et devant laquelle le génie même doit échouer. En admettant que l'orage du 17 juin 1815 ait été pour quelque chose dans le désastre du lendemain, pourquoi s'être placé dans une situation telle, que le moindre accident physique devenait le plus redoutable des périls ? Dans ses bavardages de Sainte-Hélène, Napoléon a maudit Grouchy, d'Erlon, Ney et Wellington lui-même. Ce dernier aurait dû prendre la fuite pour avoir sa haute approbation. « Fatalité ! » a-t-il dit. Tel le célèbre joueur Garcia, ayant gaspillé trois millions gagnés aux banques des bords du Rhin, et venant à perdre ses derniers écus, parlait de déveine et fulminait contre le destin !

La guerre était l'unique moyen de domination du premier Bonaparte. Un gouvernement qui dépend d'une campagne n'est pas un gouvernement fort. En marchant à la conquête de l'Europe, Napoléon tentait une entreprise impossible. Si la tête n'avait tourné au Premier Consul ; si au lieu de parader au despote et de courir les champs de bataille du continent, il s'était franchement appuyé sur la démocratie dont il était sorti, il avait la gloire de fonder les États-Unis d'Europe et devenait la plus grande figure des temps modernes.

V.

XV. — Au commencement d'avril 1814, après la première abdication de Napoléon, des armées innombrables campaient sur le territoire français. Paris était occupé par l'ennemi. Cinq cent mille Russes, Allemands, Prussiens, restés de l'autre côté du Rhin étaient prêts à seconder les efforts de leurs compatriotes par une seconde invasion, qui aurait achevé la désolation de la France; l'Espagne allait franchir les Pyrénées sur les traces de l'armée anglaise et portugaise.

Voici que Louis XVIII, frère de Louis XVI, apparaît. Les souverains alliés le reconnaissent roi de France. Un traité de Paris est signé. Quatre mois après, les armées ennemies avaient repassé nos frontières, sans avoir remporté un écu, tiré un coup de fusil, versé une goutte de sang. La France se trouve agrandie sur quelques-unes de ses frontières; on partage avec elle les vaisseaux et les magasins d'Anvers; on lui rend trois cent mille de ses enfants exposés à périr dans les prisons des alliés, si la guerre se fût prolongée. Après vingt-cinq années de combats, le bruit des armes cesse subitement d'un bout de l'Europe à l'autre.

Le retour de l'île d'Elbe et les sanglantes journées de Ligny et de Waterloo exaspérèrent les Alliés et les Royalistes. Napoléon abattu à Mont-Saint-Jean, les vainqueurs se ruèrent sur la France. Le 7 juillet 1815, cinquante mille prussiens firent leur entrée triomphale dans Paris et en prirent possession comme d'une ville conquise. Blücher voulait faire sauter le pont d'Iéna et renverser l'Arc de Triomphe. Le musée du Louvre fut dépouillé des chefs-d'œuvre que la victoire y avait entassés. Nos bibliothèques, nos collections précieuses furent mises au pillage. Un million d'étrangers accouraient à la curée.

Les alliés fermèrent la salle des séances de la Chambre. Cette seconde Restauration coûta cher à la France. Il fallut d'abord payer aux alliés 100 millions, puis une autre indemnité de guerre de 700 millions, et encore 370 millions de réclamations particulières. Ce n'est pas tout : 150.000 soldats étrangers restèrent pendant trois ans sur notre sol, entretenus et nourris à nos frais pour faire la police de l'Europe. Voilà à quels brillants résultats avaient abouti les victoires du *grand* Empereur !

Une politique violente l'emporta dans les conseils du Gouvernement. La *Terreur Blanche* désola le Midi. A Paris, le maréchal Ney fut traduit devant la cour des Pairs, condamné à mort et passé par les armes près de l'Observatoire.

Les droits conquis par la Révolution, les libertés publiques, tout était remis en question. Par contre-coup, une opposition formidable s'organisa. La bourgeoisie, les propriétaires de biens nationaux, menacés d'une restitution, se liguent avec les officiers de l'Empire, licenciés et en demi-solde, contre un régime rétrograde. Les Bourbons étaient rentrés à la suite de nos désastres. On les présenta comme la continuation de la conquête. Louis XVIII, qui était un souverain humain et éclairé, fut pris entre deux camps irréconciliables, les Ultras et les Bonapartistes. On l'attaqua avec la dernière acrimonie comme étant revenu *dans les fourgons des alliés*. Il fut accusé de fautes auxquelles il était étranger et d'une situation dont il n'avait fait qu'hériter. C'était absolument inique ; mais les partis sont implacables. Ils ne regardent pas à se servir d'armes empoisonnées.

XVI. — Le 5 Mai 1821, Bonaparte s'éteignait à Sainte-Hélène d'une maladie d'estomac que l'isolement et la haine concentrée avaient rendue rapidement mortelle.

L'homme disparu, on put forger à l'aise, pour les besoins de la polémique, la légende napoléonienne. Bonaparte ne fut plus que le vainqueur de Marengo et d'Austerlitz. La Bérésina, Lepsick, tout fut oublié ; à Waterloo, il avait été trahi. Le maréchal Grouchy eut beau prouver qu'il lui avait été matériellement impossible d'arriver à temps sur le champ de bataille, son nom resta voué à l'exécration générale.

De cette époque, date la longue confusion des souvenirs napoléoniens et des idées libérales. Par le fait de toute une équipe d'écrivains de parti et de polémistes, l'histoire fut faussée. Des poètes, des Béranger, des Barthélemy, des Casimir Delavigne et des Hugo surgirent. Le châtiment mérité de Bonaparte se confond avec les malheurs immérités de la patrie. On pleure sur Sainte-Hélène. On maudit Albion et Hudson-Lowe, qu'on qualifie de bourreau de la Sainte-Alliance.

Charles X et les Jésuites refont une popularité à l'homme sinistre de Waterloo. De l'épopée impériale on ne vanta que les splendeurs. Béranger :

> On parlera de sa gloire
> Sous le chaume bien longtemps.

Hugo :

> Dors, nous t'irons chercher; ce jour viendra peut-être;
> Car nous t'avons pour Dieu, sans t'avoir eu pour maitre.

Le pays ne vit dans ses propres malheurs qu'une communauté d'infortune avec Napoléon, et dans l'homme qui avait attiré l'ennemi, que le dernier défenseur du sol français.

La légende, c'est-à-dire un système de faits que tout le monde reçoit sans consentir à les examiner, prévalut sur les documents les plus éclatants. Il y eut un parti pris, dans les classes éclairées, d'arranger les événements de 1815 en dépit des dates et de la topographie. Avec plus de connaissances que la foule, il y a chez ces classes le même parti pris, le même dédain de la logique.

Et pendant plus d'un demi-siècle, la France — et non pas seulement la France des campagnes, non, la France lettrée elle-même, sur la foi de madrés politiciens et de mystiques rêveurs, va emboîter le pas derrière une troupe de prétoriens dont tout le programme sera la vénération d'un despote et le cri frénétique de: Vive l'Empereur!

Les Thiers, les Hugo, les Béranger, les Vaulabelle, et autres apologistes de la Colonne, ont donc égaré le bon sens national, en revêtant d'une auréole de patriotisme et de gloire un despote ennemi de la France et de la liberté; et ils ont leur large part de responsabilité dans les désastres que nous vaudra le second Empire.

XVII. — La Restauration avait apparu comme la continuation de nos désastres et une victoire de l'ancien régime. A son tour, la monarchie de Juillet eut le malheur d'apparaître comme une revanche de 1815. Louis-Philippe n'ayant pas fait aux bonapartistes la part à laquelle ils croyaient avoir droit, fut accusé de trahir sa mission. Ce qui était le mal aigu, le péril imminent de la première heure, deviendra pour lui la cause d'une faiblesse chronique, cruellement exploitée par une opposition qui lui imputera à lâcheté la réserve de sa politique extérieure.

Louis-Philippe, — qui s'aperçut trop tard que la légende napoléonienne était une machine de guerre montée contre son gouvernement par les habiles de l'église bonapartiste, — Louis-Philippe, sur la foi des chansons de Béranger et des odes de Victor Hugo, eut la naïveté d'envoyer le prince de Joinville chercher à Sainte-Hélène les cendres de Bonaparte. Et quand il tomba, le 24 février 1848, pour s'être refusé avec son ministre Guizot à l'adjonction des capacités et à l'élargissement du droit de vote, le neveu du Premier Consul, bénéficiant de la légende, se trouva à point et en situation pour recueillir l'héritage de la monarchie.

XVIII. — Les mensonges de Sainte-Hélène ont fait leur chemin. Ils ont égaré le bon sens national et pesé d'un funeste poids sur toute la politique du dix-neuvième siècle. Nos historiens et nos poètes, et la France avec eux, oubliant que l'homme déchu n'avait eu en vue que son égoïsme et son ambition ; que son passage au pouvoir avait amené par deux fois l'invasion et la ruine, ont vu un martyr là où il n'y avait qu'un forban justement frappé. Et la légende est tenace! Et malgré le remarquable travail du colonel Charras sur Waterloo, elle infecte encore les meilleurs esprits. Je lisais le 19 mars 1891 dans un journal républicain de Paris les lignes suivantes :

« Jusqu'à Sedan, le nom de Napoléon avait signifié quelque chose. Si le pierreux était, comme le voulait le général Wimpffen, tombé l'épée en main, peut-être le vocable aurait-il conservé quelque prestige; mais depuis 1870, le Napoléon est au-dessous de l'idée nationale, car si *le vaincu de Waterloo fut glorieux*, celui de Sedan fut immonde! »

On tombe de son haut en voyant un démocrate émettre de pareilles hérésies. Faut-il s'étonner que les masses soient accessibles aux mensonges, quand des écrivains de valeur les acceptent ainsi sans contrôle ?

*Le glorieux vaincu de Waterloo!* Et en quoi, s'il vous plaît, Bonaparte fut-il si *glorieux* dans cette journée ? On n'a pas appris que, comme Ney, descendant de cheval, il ait chargé à la tête de ses grenadiers. Il ne reçut pas une égratignure : et nous l'avons vu tourner le dos à son frère Jérôme, lorsque celui-ci lui proposa de s'élancer avec lui au milieu du feu, et de terminer l'épopée impériale par une mort glorieuse.

Victor Hugo, pour les besoins de sa polémique, et pour se venger du prince Louis, qui l'exila au deux décembre 1851, oppose constamment Napoléon Ier à Napoléon III et l'oncle au neveu. Comme si l'un valait mieux que l'autre! Ce sont là procédés de journalistes. On exalte un homme pour mieux en écraser un autre. Même en y regardant d'un peu près, l'historien se rend compte que l'Oncle vaut moins encore que le Neveu. Le premier arriva en effet au pouvoir, au dix-huit Brumaire, par un pas de charge sur une assemblée. Le prince Louis, simple député, rentrant d'un long exil, ayant contre lui l'hostilité déclarée des pouvoirs constitués, fut acclamé, au 10 décembre 1848, Président de la République par plus de *cinq millions de libres suffrages*. Je sais bien qu'il a à son passif le 2 décembre 1851 et Sedan : mais Napoléon Ier a au sien quinze ans d'oppression et de despotisme cloturés par la Bérésina, Leipsick et Waterloo. Les deux plateaux de la balance sont donc très chargés, et tout ce que l'historien pourrait concéder ce serait de renvoyer les deux personnages dos à dos.

Dans son *Année terrible*, Hugo fait dire à Napoléon III capitulant à Sedan :

« JE VEUX VIVRE! »

Mais Napoléon Ier voulut vivre aussi, le soir de Waterloo. Jamais général en déroute ne s'accrocha plus misérablement à l'existence.

S'il ne rendit pas son épée à Wellington, comme Napoléon III, son neveu, la rendit un demi siècle plus tard à Guillaume, ce fut grâce à la vaillance de ses grenadiers et à la vitesse de son cheval. La Garde meurt, mais l'Empereur se sauve. L'erreur générale a été de confondre les soldats de Waterloo avec leur chef. Les premiers furent sublimes; le second fut indigne. Cette erreur, habilement exploitée par les bonapartistes, et acceptée par des républicains à courte vue, refit un prestige au nom de Napoléon. Le fils de la reine Hortense bénéficia en 1848 de la crédulité générale... Et après Waterloo, nous aurons Sedan.

Ainsi se forment les légendes! Ainsi sont châtiés les peuples qui les acceptent! Le châtiment a été rude, l'expiation démesurée. La noble nation qui avait proclamé les Droits de l'homme et versé le sang de ses enfants pour l'affranchissement de la vieille Europe, méritait mieux que des Bonapartes. La Nature est trop souvent une marâtre; et, sur notre planète, les vertus civiques et le dévouement n'ont pas toujours leur récompense. Enfin ces temps sinistres ont disparu. La légende s'écroulera à son tour. Depuis la défaite des hommes de Mai, la France est rentrée en possession d'elle-même. Des générations nouvelles apparaissent sur lesquelles le mensonge n'aura plus prise. J'aperçois, dans les grands corps de l'Etat, au Conseil municipal de Paris et dans la presse démocratique, d'intrépides défenseurs du Droit et du Progrès. Avec la République, la France, forte et respectée, a repris son rang parmi les nations : avec la République, elle relèvera le Travail, et poursuivant le cours de ses glorieuses destinées, préparera l'avènement de la Justice et de la Fraternité!

## I.

### Histoire de la Troisième République

#### (1870-1890)

Le premier Bonaparte; la Restauration; la République de 1848; l'Empire Libéral; le Siège de Paris; la Commune; Thiers; Mac-Mahon; la Maison Grévy; Carnot; Synthèse du XIX<sup>me</sup> siècle. Avec le portrait et la signature de l'auteur; héliogravure de Dujardin.

*(Épuisé)*

## II.

### La Révolution

#### Poème

Création des dieux; les Religions; Quatre-vingt-neuf; la Bastille; les Montagnards; le Vrai Dieu; la Raison; l'Église Universelle. *(Neuvième édition)* . . . . . . . . . . prix: **50** cent.

*Onzième édition*, édition de luxe, (imprimerie Jouaust) avec eau-forte de Dubouchet et sept dessins originaux, hors texte, d'Auguste Hiolle: Triomphe de la Révolution; les Temples Grecs; Charles IX au balcon du Louvre; le 24 août 1572; Roland, Cavalier et les Camisards à Borgne-du-Pas; la Convention Nationale; Portrait de Danton; etc. Prix: fr. **10** »

## III.

### Politique Scientifique

Bases; la Vérité; l'Histoire; les Légendes; des Partis forts; Principe de gradation; le Jeu; Equation de l'Homme; Problème social; de la République; des Gouvernements; la Science. Un volume in-16, 256 pages . . . . . . . . Prix: fr. **2** »

*Absurdité d'un Concile.* 1869 (Épuisé).

*Les Hommes de Mai* devant les Républicains. 1877 *(Épuisé)*.

Extrait de la *Politique Scientifique*.

### Le Jeu

Baccarat; Roulette; Bourse . . . . . . . . . . . . . . Prix: **50** cent.

---

#### ÉTUDE

sur

### Waterloo

Prix: **50** cent.

---

Typ.-Lith. Coopérative Mentonnaise, J.-B. BERNA, directeur, Rue Prato

www.ingramcontent.com/pod-product-compliance
Lightning Source LLC
Chambersburg PA
CBHW061621180626
46818CB00005B/2181